ユーセイヒカリが勝利したレース後の写真。私が間に合わず、馬主のいない写真となった。(昭和46年12月12日　中京競馬場　第6レース)

ユーセイヒカリの仔馬、ミツワカグラ号

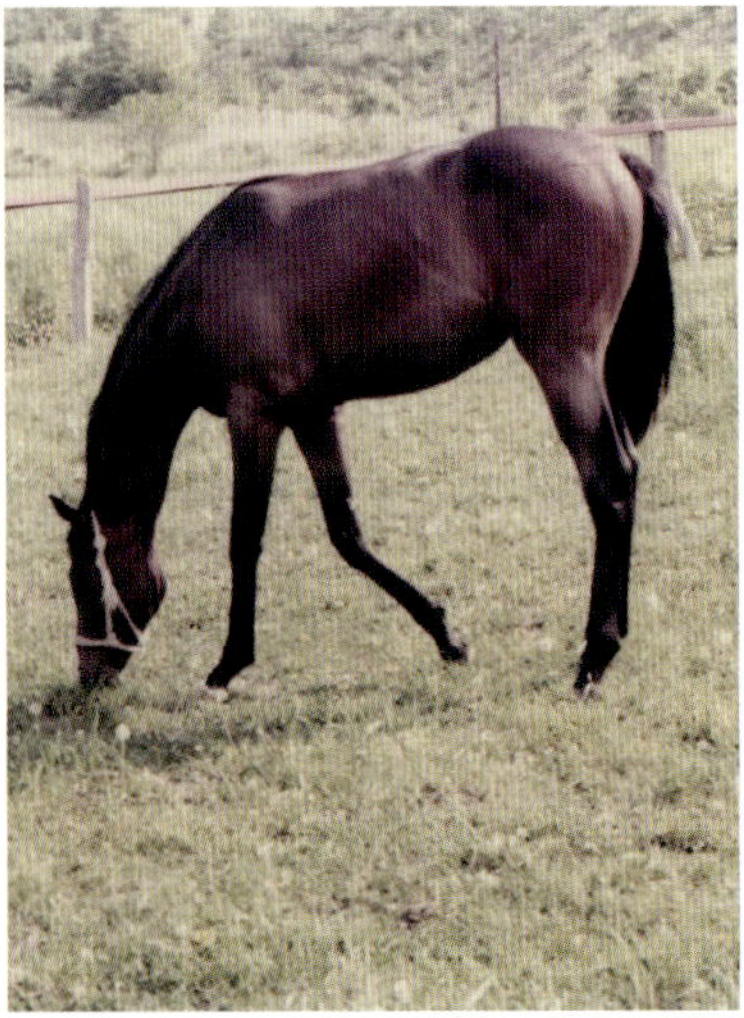

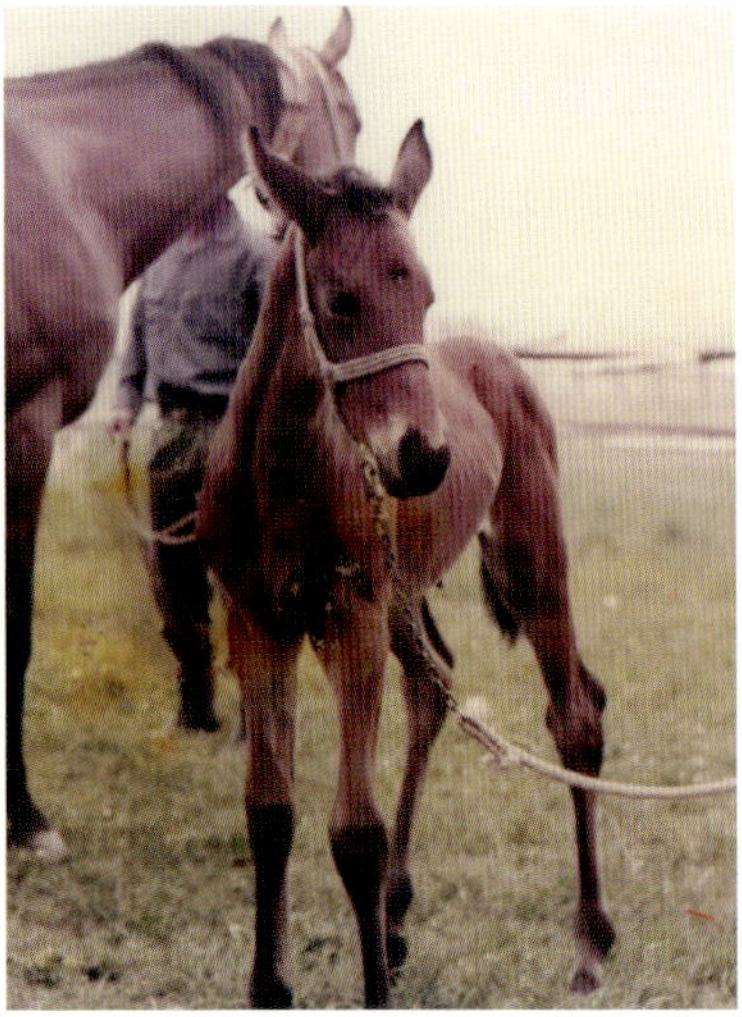

エタンの仔馬、１歳時（右）、２歳時（左・チャームブラック号と名付ける）。１歳と２歳の馬体の違いがよくわかる。成長著しい２歳時に新馬の出走が可能となる

宇治市菟道車田（55年前）。真ん中の建物が一棟目に建てたアパート。当時は周りに何もなく、「こんなところを買って」とばかにされたほど。現在では家々が建ち並んでいる。右側には京阪電鉄（中書島→宇治）宇治線。50m後方に三室戸駅がある

人生泣き笑い
勝てぬ馬が勝った!!

川村精一
Seiichi Kawamura

文芸社

はじめに

人は、夢をもって、この世に生まれます。

金銭的に余裕もなく、若さだけが取り柄の私が、運命と共に歩んでいく中で、金のやり繰りを覚え、のちには、夢にまで見た馬主となることができました。

馬にはロマンがあり、苦悩の中を生きてきた私の人生において、強い記憶となって残っています。強い馬に恵まれた馬主さんは本当に運の強い方《かた》だと思いますが、残念ながら私の所有馬は、当初はお世辞にも強いとは言えない馬でした。

競馬では、どんなに秀でた馬でも（のちに有名になるような馬でも）、まず一勝しなければ、上のクラスには上がれません。

中央競馬の未出走・未勝利戦で一勝をあげることが、どれほど難しかったことか。それは身に染《し》みて感じたことでした。ただ、弱い馬ゆえの、楽しみ方もあります。力量のある馬ならば、先行して逃げ切るのが一番であることは周知の事実ですが、弱ければ、あの手この手を考えなければなりません。でも、そうやって、さまざまな策を尽くして勝つことができれば、何にも代えがたい喜びとなるわけです。

今回、私の歩んできた途《みち》とともに、愛馬についての、いろいろなエピソードを交えてまとめてみようと筆をとりました。執筆に当たっては、競馬の教書の本を求め、それらを参考に私の気になった点をピックアップして添えてみました。

参考にしていただければ幸いです。

目次

戦中戦後の混沌から復興へ

人間の運命とは予測がつかないものです。いつ、どこで、誰と出会い、どうなるかがあらかじめ分かれば、苦労せずして幸福をつかむことができるかもしれませんが、先が見えないがゆえの面白さというのもあります。

持って生まれた運命であっても、その人の個性や縁によって、変えられると思います。たとえば、ある使命を受けたとき、一生懸命に取り組む人と、気楽に構えて「どうにかなるわ」主義で過ごした人とは、結果において全く違います。

ある時期がきて自分の過去を振り返ってみたときに初めて、人生の中の反省すべき点、満足できた点を見極めることができるのではないでしょうか。

私は昭和十一年に大阪で生まれました。一人息子として育てられ、太平洋戦争勃発時には、母親と二人で母の実家である四国（愛媛県）で疎開暮らしを始めました。

父親は軍隊に召集されましたが、南方ニューギニア、タラワ島の戦火をくぐり抜け、無事に復員しました。帰国直後は大阪に寄り、私達のいる四国を訪ねてくれました。

そこで家族三人で暮らしていましたが、一年余りたつと、父は単身で大阪へ向かいました。一人でアパート暮らしをしながら、住宅探しに歩き回り、半年後に、やっと借りられる土地が見つかったのです。

それが大阪市浪速区の20坪ほどの借地でした。ここを住まいと決め、昭和二十四年、建坪15坪の木造バラック（粗末な仮の家）の店舗兼住宅（一部中2階）を建て、川村水道工業所の店を構えたのです。

引っ越しをした当時は、まだ一面焼け野原でビルの残骸《ざんがい》があちらこちらにありました。木造の建物は全て焼き尽くされて、その断片が小さな山を作り、群れを成していました。

終戦直後のことで、移り住んだものの、父親は仕事をしたくとも、材料も仕事場（現場）もありませんでした。焼け残ったビルに無断で入っては、パイプや使えるような器具などをはずして運んだ記憶があります。当時は、まだ電気がともらず、ランプの灯《あか》りで原始的な生活を体験しました。

やがて、年とともに堺筋通りに行き交う人が多くなり、市電、バス、タクシー、二輪車、自転車が走るようになりました。バラックの家が軒を連《つら》ねるように建てられ、街がどんどん復興されていきました。昭和二十六年頃には、昔の諺ではないが「向こう三軒両隣」のごとく個人零細企業が並び、町内会が発足するほど発展するようになりました。

その頃、私も小学校を転校し、近くには市営住宅（木造2戸1棟）が建っていたこともあり、遊び友達も増えました。特に材木商の息子の桃田君とは仲がよくなり、彼の家へよく遊びに行きました。時には、彼の家族と一緒に新世界まで連れて行ってもらい、映画を見に行ったことを覚えています。彼とは中学、高校まで同じ学校に通い、常にいろいろなことを語り合ったものでした。

大阪の日本橋も、戦前は本屋さんが多かったと周囲から聞かされました。時の世の風も変わり、いつの間にかラジオ店やその部品販売店が増え始めます。ラジオの電波にのり、浪曲、演歌、歌謡曲などが流行して、そのうち、のど自慢大会や、浪曲のど自慢大会などが放送されて、その波に乗って世に出た人もおられます。

やがて、洗濯機やテレビなどの電化製品が台頭し、世間はどんどん変わっていきます。特にテレビは、映像が見えること自体が珍しく面白いので、多くの金持ちの人が買い求めていたようです。我々はお金がなかったので、近くの知り合いの電気屋さんに頼みこんで見せてもらっていました。

当時、一番人気だった番組はプロレスです。プロレスブームで、力道山の空手チョップには歓声があがり、その力道山とシャープ兄弟との試合には人だかりができたほどです。試合があるたび、その電気店には近くの馴染みのある多くの人が集まり、目で合図しながら見せてもらっていました。

時の変化でしょうか。大手電機メーカーもこの地域に目を向け、「日本橋商店街、でんでんタウン」が誕生しました。大企業の東芝、日立、三洋、三菱、松下電器など、各社の支店長、また松下幸之助も自ら挨拶に来られ、初荷の商品販売合戦に参加したといいます。

この評判が広がり、多くの客が集まって来るため、今までの家業を捨てて電気店に鞍替えする人も出始めました。

商売が繁昌して金回りが良くなると、いろんな遊びに興じる人が増えてきます。パチンコ、競輪、馬、賭博、旅行に、と夢を求めて生き甲斐を感じていたようです。

田んぼの中にアパート⁉

昭和二十五年、南海電鉄、難波駅近くに、かねてより計画されていた、南海ホークス大阪なんば球場が建設されました。その後、別棟にスケートリンクが建ち、その道中に中央競馬場外馬券売場ができたため、新たな競馬ファンが詰め寄せます。

競馬専門紙を広げては予想に頭を捻《ひね》り、他人同士が親しげに意見を話し合う姿は、勝ち馬券を求める人々によく見られる光景でした。

私の家から大阪球場まで、歩いて10分ほどの所に位置していたため、家で馬券をよく検討してから出かけて、場外馬券売場で買って、その場で実況を聞いて帰るということが充分可能でした。

私の父親も戦前からの競馬ファンであり、近くに場外馬券売場ができたことで心《しん》中《ちゅう》に油が注がれ、土曜、日曜日を待ち遠しく思っていたようです。

父には父なりの方程式のようなものがありました。競馬専門新聞「競馬ダービー」を買い、自分の意とするレースの予想欄を参考にしていたのです。本命の印の下に「穴」の欄があり、そこに記された2点の買い目のうち、時計（タイム）や成績を見て無印は捨て、「これで決まり」と馬券を求めていました。それが時々当たり、3千円くらいの配当がつけば、父は嬉しさに笑顔を増して帰ってきたという思い出があります。

堺筋の向かい側にあった電化製品販売店の奥様と私の母親との間には親しい付き合いがありました。その店に京都の宇治から月に二度ほど訪ねてくるO氏を紹介され、彼がいつしか私の家に立ち寄るようになりました。

O氏は奈良の三輪神社で個人的に修業を積み、いつしか霊《れい》感が出て、占いができるようになったといいます。当たるも八卦《はっけ》、当たらぬも八卦、私は話半分に聞いていました。

彼も競馬が好きで、九星の暦《こよみ》を見ては、今日は何月の何日だからその日の暦が一白《いっぱく》ならば1、4、7の数値の目《め》があり、二黒《じこく》ならば2、5、8、三碧《さんぺき》ならば3、6、9

の各出目があり、組み合わせます。もちろん、以前のレースの内容も参考にして買い目を決めます。暦《こよみ》で友引の日ならば、その日の出目が続いたり、同枠が出たり……。それらを参考にして当たった時には〝やっぱり?〟と思う節もありました。

O氏が占いをするという噂が広まり、母親は、知人から「今度見えられたら紹介してくれ」と頼まれるようになりました。土地、家相、縁談、方位などを聞けば当たるということで人気者になっていたようでした。

私が二十歳の中頃(大工大在学中)、父親が結核の病に倒れ、急遽《きゅうきょ》、大学を中退、家業の跡継ぎをせねばならない状態となります。それまで、夏休みの暇な時に家業の仕事を強《し》いられていたことが、いくらか役立ち、自信の裏づけとなりました。「百聞は一見に如《し》かず」です。

個々の都合や事情が一変した時は、義理も人情もなく、店の得意先や同僚の職人を連れて独立するなど身勝手な人も多くいます。私の救いとしては、一人残ってくれた職人の方《かた》と一《いち》からスタート(得意先もなく)となったことです。とりあえず営業に必要な自動車の運転免許と、水道の責任技術者、技能者の資格を一年間で取得しました。

やがて必要なダットサン・トラックを購入し、新規の得意先も人伝《ひとづて》に増えました。
人並みに水道屋さんになり、それに附随する冷暖房、欧米式浄化槽の仕事も覚え、できる仕事は欲張って受注・施工しました。

二十五歳の春、大阪東住吉区内の学校給食製パン工場の長女・糸子と結婚。これについてはO氏の助言も少なからず影響があったと思います。

二十六歳の時、ある日の夕刻にO氏が来られ、ビールを飲みながら農地の話になりました。京阪電車沿線に二反《にたん》（約600坪）、五条（農地法第五条）申請の許可が下りる田んぼがあり、その土地を買う人を紹介してほしいというのです。O氏が、この土地は買って損するような土地ではないと自信満々の言い方をするので、試しに私の得意先の建設会社の社長三名にも話を聞いてもらおうと土地の説明をしてみましたが、評価は同じ。返事は、みなNOでした。理由としては、当時大阪は始発駅（京阪電鉄）が天満橋からで三室戸駅まで片道二時間余りかかり、自動車でも国道1号線から旧道ばかりで片道三時間半くらいかかり、交通が不便。復興を見るのに何年かかるか見通しが立たない、というのが要因で、投資には不適当との判断でした。

私も、聞いてしまった以上、一度現地を見たくなり、電車で最寄り駅まで向かいました。駅の停留所はマクラギを並べただけで、切符は運転手が受け取っていました。現地の川の土手地には大きな木が2本立っており、その眺めに私を引き留めるような何かを感じたのです。また、有名な寺院・神社などの観光地にもほど近いとあって、この土地を取得することが自分の運命を変える一大事になると考えて、慎重に検討をしました。

まず初めに父親に説明、説得をしたところ、「おまえが自信があるならば好きにしろ」と言われました。しかし、母親には絶対に反対されること間違いなしと感じ、O氏に援軍を求めたのです。今の水道の事業の好調さ（当時、大きな市場の鉄骨建ての建替え工事を専門にしている建設会社に下請業社として9カ所の受注があった）と、金額並びに利益率を提示して説明しましたが、母は意地でも反対といった様子で、「私は知らん」と蹴られてしまったのです。それで最後の手段として、妻の父親である食品工業会社の社長に相談し、銀行を紹介してもらい、金額で8百万円の借入を起こし、月々の返済が可能になるよう取り計らってもらいました。

この件に関しては、建設会社の下請業社の寄り合いの席で、世間話をしていたタイル屋の社長から、将来についての考えを教えられた感がありました。今の仕事は瞬間湯沸かし器のようで、たとえ種火で飯は食っていけても、爆発した時は今の事業に追加するのではなく、別の角度で考えろと。年老いても、誰にも頼らず、我が身ひとつで生活できる、アパートやマンション経営のような事業を興《おこ》せと諭されました。

「緻密な計画と大胆な行動」。この言葉が好きで、勇気をもって、老後への不安を解消する第一歩を踏み出し、現金収入の手段を得ることとなりました。土地売買契約終了後、地元市会議員でもある土建業者（売主の知人）に埋立工事を依頼し、設計図に基づいて（低地で約2メートル、川寄りでは3メートルの埋立てとなる）施工してもらいました。施工完了後、水利組合に書類を提出し、受理されましたが、「一年以内に建築がなされない場合は、五条申請が無効になる条件が入っているのは分かっていますね」と念を押されました。いろいろと難しくなっていました。

それで対策を考え、得意先でもある建設会社に相談しに行くと、現地視察の上、「場所は遠い所だけど何とかしよう」と受託してもらいました。木造2階建てのアパート約220坪、22部屋の設計、施工の契約を結びました。

土地については、私自身3カ所買ったのですが、埋立てられた土地から米や麦の穂が出ていました。埋立ての土の中に穂になる物質が混入していたといえば、それまでですが、やはり土地は生きていると私は思いました。

家相については、悪ければ建築業者に依頼すれば変えることができますが、土地の地相は永久に変わりません。良い土地は良い、悪い土地は、それなりに何か理由があるのです。ゆえに、いかに土地の購入は難しいかを思い知らされます。

やがて、苦労したアパートも完成しました。これから借り手探しが大変だなと思いきや、川の向こうに大手繊維メーカーの会社があり、社員寮として全部借りたいと一報が入ったのです。早速、その会社との契約が成立し、後日O氏の知人である女性を管理人として迎え、事務所用の簡易住宅を提供しました。

辺り一面、田んぼの中に、アパート一棟の明かりが点《とも》った時には我ながら感動しました。このことがきっかけとなり、私の人生における物事がどんどん進んでいくことになりました。

馬を買うて来た！

時が流れるにつれ、周辺の埋立工事が進み、店舗や建売住宅が次々に建設され、活況を呈するようになりました。駅と私の家の間にはA氏が乳業販売店を開業。私は当時宇治には月に四、五回ほどしか行けなかったのですが、行った時には店に寄らせていただき、宇治の本格的な煎茶《せんちゃ》を本格的な茶法でいただきました。世間話で打ち解けるうち、A氏が競馬好きだということも分かりました。

淀の京都競馬場まで片道20分くらい、自動車では15分ぐらいで行けるとのことで、時々、京都競馬場・加藤厩舎の湯浅三郎騎手他2名が連れだって遊びに来ていたようでした。たまたま私と出会い、それが縁で馬の話につながったというわけです。もちろん、O氏もそのサークルに入っていたと思います。

現在では、関西の地域では栗東トレーニングセンターに立派な厩舎があり、調教師、騎手、厩務員らの宿舎も集まり運営されているようですが、それ以前は京都競馬場近辺に木造の厩舎があって調教師が住んでおられ、騎手、厩務員はアパート住まいで勤められていました。

湯浅騎手から家においでと誘われ、彼のアパートに数回お邪魔をしたことがあります。馬について我々の分からぬ部分を伝授してくれました。馬は人間と身体がよく似ていて、風邪も引けば下痢もするので、週明けの馬の健康状態によって週末のレースに出走するか否かを判断するのだそうです。その後、経過が良ければその週の水曜日に追い切り、土、日の決められたレースに出場するとのことです。

私が思うに、たとえ人間が水曜日に走って良いタイムが出たとしても、それが土、日にも同じようにタイムが出るか否かを問えば、難しいでしょう。湯浅騎手は、馬に騎乗して、返し馬の状況を把握するわけです。いかに競馬をするかが騎手の判断のしどころなのです。レースで4コーナー近くになると、馬込みの中に入っている馬は、ほかの馬と体が当たったりすることもあり、騎手たちが「道を開けてくれ」と大きく叫ぶ声が飛び交うそうです。ここが正念場で、気の弱い馬や体を当てられた馬はレースにはならず下降していきます。観覧席からはこのような状況はなかなか分からないものです。

また、条件レースや、準オープンクラスのレースに出走している馬の中で、2着の多い馬は要注意だといいます。常に良い時計、実力がありながら1着にはなれず、微差で2着に甘んじている馬のことです。勝って上のクラスに上がると、5着までの入着が厳しくなり収入がなくなるため（このことを家賃が高いと言うらしい）、今のクラスのまま、良いレースをしながら集団にもぐり込んで、ムチで叩き出し2着を狙うわけです。これは馬主、調教師、騎手の意向によるものです。

かつて、馬にも双子の仔《こ》がいて、その1頭がツキマサという牡馬《ぼば》でした。条件レースに出走した際、8枠に入りましたが、そのレースには双子のもう1頭が大本命で出走していたのです。ツキマサに騎乗する湯浅騎手が事前に状況について電話で聞くと、「メンバーを見てくれ、強い馬ばかりで相手が悪い」と言われたそうです。しかし、いざレースが始まると、後方からのスタートで徐々に中段に上がり、次第に馬の意気が上がり、グングン引っ張られて直線勝負で2着に入ったとのこと。もちろん万馬券です。その時の湯浅騎手は「馬が勝手に走り、教えられた」と話していました。栗田騎手も「シンザンに教えられた」と同じようなことを言っていました。

以前、ある新聞の三面記事に、機関車相手に馬が競争しているという見出しを見つけました。馬には競争心があり、それを本能として持っているのだと思います。だから競馬が成り立っているのではないでしょうか。

昭和四十三年、夏競馬が函館、札幌競馬で始まり、湯浅騎手も仕事で移動するようになりました。「一度、北海道の競馬と馬を見に来い」と誘いを受け、私の親友で建設会社のY社長と、二泊三日の予定で北海道旅行をする運びになりました。

北海道の新千歳空港に到着後、S氏の案内で、車で国道２３５号線をえりも岬方面に進んでいきます。大平洋を拝むように走る車道は広い直線道路で、反対側には所どころに木製の高い櫓《やぐら》が建てられていました。何のために作ったものか理由を聞きますと、早朝に漁師の長老が、今朝の出漁が可能か否かを、櫓に登り決定をするからだ、という回答を受けました。

余談になりますが、私は作詞家（筆名・明日香大作）として平成十三年十二月にJASRAC（日本音楽著作権協会）に入会しました。最初の作品では、櫓《やぐら》が目に焼きつき、それを海の男（漁師）の苦労と生き様に重ね合わせて作詞したものです。タイトルは「男華」。作詞／明日香大作、作曲／平井治男、編曲／花岡優平、歌／阪井一郎、で徳間ジャパンから発売されました。阪井一郎は、これを機に私と離れ、作曲家の叶弦大先生の門下に入ります。阪井一郎（のちに坂井一郎）としてメジャーデビューを果たしました。東日本大震災の津波で被害を受けられた方々への応援歌として「燻銀《いぶしぎん》」と同時収録された「男華《おとこばな》」を歌ったところ、「男華」のリクエストが多く、CDも売れたと喜んでいました。

話を戻しますと、えりも岬方面に向かう途中、新冠町、新日高町、静内町といった馬産地を通ります。稗田《ひえだ》牧場にお邪魔をしました。横には馬名「トサミドリ号」の銅像があり、光り輝いて見えました。

初めての北海道二泊三日の旅行中、日頃憧れていた本場のさっぽろラーメンを食べ歩きました。また、零細企業ともいえる小牧場をあちらこちらに訪ね、40頭ほどの種牡馬を見て回り、石を投げた音に走る馬の様子を見ては、Ｓ氏がこの馬は先行馬だ、いや追い込み馬だというように解説してくれました。当初は訳が分からなかったのですが、馬というものは、身近に接し直接触《さわ》ると、感触が伝わり、惚れ込んでしまうような大きな動物です。一日中一緒にいるのが楽しく、時間を忘れてしまいます。

最後に見せられた馬は栗毛の牝馬《ひんば》で、馬体４３０キログラムほど。この馬は二歳初めに東京の厩舎と契約をしたのですが破談になり、違約金を引いた残金のみの価格でぜひ買ってほしいと言われました。

Ｙ氏と相談の上、「この牝馬で勝負してみるか」と買うことに決まり、売買が成立。その後、Ｓ氏、Ｙ氏、私の三人が料亭に案内され、乾杯を交わし、馬談議に華を咲かせました。

家に帰って、夜父親に「北海道へ行って馬を買うて来た」と言えば、父親はびっくりして、まず最初に「お前、そのお金どうするつもりだ」と言われました。

私が「母親が隠し持っている株券を貸してもらってぼちぼち支払うわ、協力してや」

と言えば、「お前には負ける」と、笑顔が返ってきました。

ユーセイヒカリ号出走す

私は以前から大きな夢を抱いていました。いつか自分の競走馬がラジオ、テレビで放送されるようになったら、男として本望だと思っていたのです。

皆様の心中はいかがなものでしょう? あわよくば万馬券を当てる! それも現実的なロマンのひとつかもしれません。私も同じ気持ちです。

さて、馬主になるのは、資産、人柄、職業などの審査があり、面倒で時間がかかることです。知人のS氏を加えて何とか手続きを終えると、湯浅氏に松井厩舎を紹介してもらいました。調教師の松井麻之助先生、厩舎担当騎手の野元昭氏にお任せすることになりました。

松井先生は、戦前、馬術でベルリンオリンピック日本代表として出走し、戦後は馬の育成に尽力して競馬会の歴史を築いてきた人と聞きました。私共の求めた馬は父内国産馬でメイズイの産駒。牝馬で馬名をユーセイヒカリ号と名付け、昭和四十五年末、三歳で京都競馬場内松井厩舎に入厩しました。いろいろな種馬の子が入厩していて、当時有名なヒンドスタンの血を引く血統馬や、アウトリガー、シプリアニなどの産駒もいました。

外国産馬で良い馬だと、当時で7、8千万円くらいの値がついていました。そういったクラスの牡馬《ぼば》で勝負したいと湯浅騎手はかねがね言っていました。なぜ牡馬かというと、牝馬の場合は自身が出した時計とほぼ同じレベルのタイムがコンスタントに出るのですが、牡馬は好調時には予想以上のタイムアップがあるが、不調になれば下がる。つまり、波の上下が激しいけれど、騎手が日頃、その馬の好、不調を見極め、良い時に騎乗して勝負ができれば、騎手冥利《みょうり》に尽きるのだと言っていました。

さて、これから本格的な競馬の研究に入るのですが、松井厩舎の野元騎手にユーセイヒカリについて聞きますと、気性は優しく、ゲートにも問題なく入り、父親ゆずりでスタートダッシュが得意なので、先行馬として走らせてみるとのこと。

そうして迎えた京都の新馬戦。競走本番の実況でも、「ゲートが開きました、ユーセイヒカリが行きます」で始まりましたが、4コーナーを回って、ゴールの80～100メートル手前で足が止まるといった感じです。結局、8着に敗れました。「レース経験を積めば改善されるだろう」と松井調教師は言い、次は、父内国産馬限定の未出走未勝利戦に出走するという予定を聞かされました。

そのレース当日、京都競馬場に行き、パドックでの歩様や、厩務員に添うようにチャカついた仕草を見て馬券売場へ。親から馬券を買ってくれと預かった金で、単勝、複勝、連複、連単の各馬券を買いました。その後、返し馬を見たりとレースが始まるまでの30分間は本当に短く、あっという間です。

レースが始まると、双眼鏡で見ながら、うまくダッシュして先行できただろうか、どこまで行けるかとハラハラしていましたが、4コーナーを回ってからの直線の末脚もしっかりしたもので2着に入着。賞金40万円（初めての賞金）を獲得しました。その後も、月に2回くらいのペースで走り、2着、3着、5着と賞金に結びついたので、母に借りた金の返済に充てることができました。

しかし、数あるレースの中には、こんなこともありました。

昭和四十四年一月十日、エビスさんの日、朝から小雪がしんしんと降って寒い中、京都未勝利戦18頭立てのレースでした。いつものように、パドックの歩様と返し馬を見て、一応「普段と変わりなし」だと思っていました。観覧席でスタートから見ていると、やはりいつものように先行していたのですが、4コーナーを回り、ゴール前100メートル地点で馬群に包まれ、どこにいるのか分からなくなってしまいました。

「何か、あったのだろうか」

そう思っていると、最後にゆっくり走る馬が、ゼッケン10番をつけていました。まさしくユーセイヒカリでした。故障したのではないかと心配していましたが、翌日、野元騎手より説明の電話が入り、「直線で他馬と当たったため、ズルズルと下がり最下位になったが、馬は大丈夫だから次に頑張ります」とのことでした。その時、感じたのは、「脚が無事で良かった」ということに尽きます。安堵の思いでいっぱいでした。

一勝の重み

当時は一カ月の飼葉《かいば》代が数万円だったので、気楽に面白く見ることができました。今では無理でしょう。しかし、そうはいっても、馬主は、馬の競走成績によって雲泥の差が出ます。他人《ひと》の所有馬が、皐月賞や桜花賞などクラシックレースに勝ち進んでているというのに、自分の所有馬は未勝利戦も勝てずに喘《あえ》いでいたりするのです。当時でも、年間に5千頭ほどの新馬が競走馬として中央競馬・地方競馬に登録され、27カ所以上の競馬場に分散され、生産者や厩舎、馬主の夢をのせて走ります。

そのうちの何パーセントが中央競馬で一勝以上挙げることができるのか。中央競馬の未勝利戦に出走できる権利は、四歳の秋の小倉競馬で終わってしまいます。それでもまだ、明けて五歳の条件レース（５００万下）に出走はできるのですが、未勝利戦よりも勝てる可能性は低くなります。三月の終わり頃までに勝てなければ、いよいよ

中央競馬から去るしかなくなります。地方競馬へ行くか、どこへ行くのかも分からない状態となります。未勝利の馬を抱えている馬主は本当に辛いものです。
だからこそ、一勝の価値は本当に大きいのです。

調教師の松井先生からは、レース後には電話で結果報告があります。いつもの通り、「ここ一番という時に力不足で……」と言うだけのものでした。

私も暇を見つけては、家内と長男五歳、次男三歳との四人で松井厩舎の馬房を訪れ（当時は自由に出入りできました）、ユーセイヒカリを見に行ったものです。ニンジン、リンゴをバケツに入れて持参し、子供の手から食べさせ、終《しま》いには馬房の中に入って馬のシッポの毛をつかんだり、足に手で触れたりと、あとから考えたら冷や汗ものの行動でした。でも、ユーセイヒカリは、何をされようとジッとしている、本当に優しい馬でありました。楽しい時間も過ぎ、満足して厩舎をあとにしました。途中、宇治のアパートに寄り、管理人に様子を伺い、家族四人で帰阪したのです。

やっとつかんだ勝利

四歳（現在の馬齢表記では三歳に当たる）の秋のGIである菊花賞も終わる頃になると、未勝利の馬を持つ馬主には、ことさら一勝の重さを感じるようになります。何とか未勝利から脱出したい思いでありました。

そして、昭和四十六年第4回、第6レース、中京競馬1700メートル（※かつて存在した砂コース＝現行のダートコースとも異なる）に出走が決まります。よく出走している阪神や京都競馬場はいずれも右回りですが、中京競馬場は左回りです。日頃は「先行差し」ばかりで、5着以内には留まったものの良い結果が得られませんでした。今回は直線勝負で、最後方から追い込みに賭けてくれと、野元騎手に電話連絡をしたのです。

当日、車で競馬場に向かい中へ。パドックではいつもの歩様より馬が大きく見えました。返し馬、人気オッズを見たあと、親父から頼まれた、単勝、複勝、連複、連単の馬券を買いました。いざ本番と、観覧席でレースを見ていると、常日頃は、「スタートしました、ユーセイヒカリが行きます」とアナウンサーは放送するのですが、この日は最後方に待機し、追い込みの形です。

私が野元騎手に伝達したことを忘れて、アレ……。ア、そうか、自問自答して納得し、4コーナーで集団に追いつき、中央をゴボウ抜きして1着に躍り出たのです。私は一瞬、頭が真っ白になり、いつの間にか涙が出て、「やっと勝ってくれた」と、心中は喜びで一杯でした。直後に勝ち馬の写真を撮るため、松井先生が場内アナウンスで私を呼んでくれたようですが、馬券の払い戻しに行っていた私には、残念ながら聞こえませんでした。後日、馬主の抜けた写真を受け取ることになりました。

その後、中京競馬の知多特別レースに出走させる話が決まり、同じ後方待機で直線勝負にかけましたが微差の3着でした。先の夢で勝利も身近に思えるようになりました。

未勝利を勝てず中央競馬を去っていった馬、また血統の良い高額馬なのに骨折して去っていった馬……そういった馬の馬主は本当に気の毒です。

そんなことを思っていると、その後ユーセイヒカリも追い切り中、脚の骨にヒビが入ってしまいました。見舞金少々を受け取り引退、北海道日高町の牧場に繁殖馬として入れるようお願いしたのです。

それが昭和四十七年のことで、この時すでに私には、種牡馬シプリアニ産駒の480キログラムの牡馬を所有していました。名称はヒダムサシ号。雄大でよく走りそうな馬体でしたが、四歳春の新馬戦が始まっても、キャンター中によく捻挫のような仕草をし、追い切れば空を見てあまり走らないといった調子で〝ずるい奴〟でした。半年後も見込みが薄いため処分となりました。この馬には損をさせられました。世の中うまくいかないものです。ちなみに私は、馬券はユーセイヒカリの単勝を買うぐらいで、他のレースを見る力もなく、1レースで疲れて帰るばかりでした。

初仔ミツワカグラの活躍

繁殖に上げたユーセイヒカリの初仔が昭和五十年に生まれました。牝馬で松井厩舎に預けられることになり、名称はミツワカグラ号としました。野元騎手から、途中で橋口騎手に変わり、馬体や姿も母親に似て飼葉代も自身が稼いでくれたので、本当に助かりました。

昭和五十一年十月頃にはまだ未勝利でしたが、最終の九州、小倉未勝利戦に挑戦。予想紙を見ても単勝では最下位で、ほとんど人気がなく、私も仕事が忙しくなったため、小倉競馬場には行けず、テレビ番組で見ていました。

母親ユーセイヒカリと同様、追い込んで4コーナーを回る時には内側に道が開き、その流れによってトップの座を守り、1着でゴールしたのです。思いもよらない大穴に涙が出ましたが、単勝三六〇〇円、連単勝九七〇〇円をつけ、面目が立ちました。

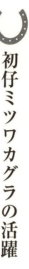

日本橋でんでんタウンの競馬ファンからも、出かける時に電話があったのですが、強く速い馬ならば勧めることもできるが、控えめに「（応援の気持ちで）馬券を買っといてくれ」と言うだけ。

しかし勝った!!

直後に、あちらこちらから電話で一報が入り、「良いレースでしたね」「儲けさせてもらった」と言われ、ホッと安堵しました。もちろん私の父親も、馬券を全部散らして買っていたので、かなり儲かったと笑顔でした。松井調教師からも電話がかかり、「良く走ってくれました」とほめてくれました。松井先生もご存じのミツワカグラにも関わりのある馬主M氏が小倉競馬場に来られたので、「記念写真を一緒に撮りましたので了承して下さい」という話や、橋口騎手が東京の厩舎の調教師になるという話も聞きました。また、来年は馬房の枠がなくなるので、馬を預かることができなくなるというお断りの書面もいただいたので、今までお世話になったというお礼を文書で提出しました。

馬主人生にピンチ

これで、私の馬主人生も終わりだと思いきや、昭和五十二年、S氏から電話があり、「今、夏競馬の開催のため、北海道に来ているが、種牡馬エタンの当歳（一歳）牝馬でいいのがいる。良血で、兄弟二頭も中央競馬で出走していい時計を持っていたが不運にも骨折して成績を残せなかったという惜しい馬だった。兄弟がそうだったからといって、皆がみな骨折するというわけじゃない」と力説されました。

S氏はかなり惚れ込んでいるようで、「この馬で勝負したい。京都競馬場のK厩舎に枠がある。この馬の売値が400万円で、三日後にまた電話するので、良く考えて下さい」と電話を切りました。

お金は用意可能でしたが、骨折のことをはじめ、あれこれ考えると頭が迷うばかりです。占い師にも鑑定をお願いしてみましたが解決にはならず。エタンの牝馬一歳を直接見れば良い夢があるかもと思い、北海道へ。

やはり、現実に目の前で見ると、背が高く、引き締まった筋肉の馬でした。気性もしっかりしているようなので、この馬で勝負してみる決心がついたのです。

まもなく栗東トレーニングセンターが新築され、関西の厩舎は全て移動が始まりました。そんな中、馬名を「チャームブラック」（可愛いダークホースの意味）として、デビューが決まりました。三歳初戦は小倉競馬の新馬レースに出走、二着に入り、帰京して次の開催、阪神競馬の未出走未勝利戦に出走、またしても二着でした。

湯浅騎手は、「惜しいレースで残念だったが、次は勝ってみせる」、自分に言い聞かせるかのように「末脚が伸び、非常に良いものを持っている」と言っていました。私もその気になって夢を追っていましたが、一週間後、昼に湯浅騎手から電話があり、「今朝の追い切り中、栗東の芝の下が硬いため、チャームブラックは残念ながら骨折した」とのこと。惜しいことをしたと悔やんでいました。

もちろん、私のショックは人に言えないほど大きなものでした。夢がどこかに飛んで行った寂しさと悔しさが募り、足をもぎ取られたかのような自分の不運と不甲斐のなさに腹立たしさが湧き、もはや銭金《ぜにかね》の問題ではなかったのです。

　家内から、生き物はもうやめようと諭され、断念するしかありませんでした。あとのことはS氏に任《まか》せたところ、雀の涙ほどの見舞金をもらい、チャームブラックは九州の荒尾競馬に行ったという報告を受けました。

　私の馬へのロマンも、骨折により閉ざされ、残念に思っています。栗東トレセンも調教師や厩務員などの労働組合ができ、毎月の飼葉《かいば》代が大幅アップされ、40、50万以上に引き上げられるらしいと噂されていました。私はその時、これからは馬主貧乏になると思い、心の中で中央競馬との決別をしたのです。これからは金持ちでないと馬が持てないと悟りました。今まで馬主としてやってこられたことが本当にラッキーでした。

中央から地方へ

昭和五十四年末にユーセイヒカリの仔馬、ミツワカグラの妹が誕生していました。種牡馬はシンカートン、血統はダート好走馬のようですが、中央競馬では枠がないため、どうしたものかと考えていました。私の知人の電機商会のW社長に悩みを打ち明けると、彼の叔父が和歌山県の紀三井寺で地方競馬の調教師をしており、厩舎を運営していると聞き、地獄に仏とはこのことかと。早速私の車にW氏を乗せ、紀三井寺競馬場の厩舎にお邪魔し、挨拶をさせていただきました。

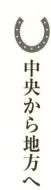

やはり、中央競馬と地方競馬とでは雲泥の差があります。馬房も荒れ果て、木造で穴があいていて、惨《みじ》めさが感じられましたが、この馬はこの場所で生きる宿命を背負って生きていたのだと割り切って、未来の夢を見つめるほかはないのです。

厩舎は刈屋厩舎。調教師の刈屋氏は気取りがなく言いたいことは言う、

プです。そう思って付き合えば面白い人で、私は中央競馬
聞かれました。刈屋氏は酒が好きで、よく酒をすすめてくるの
めません」と恐縮し、お詫びめいたことを言えば、「ビールなら少々いけるので
とすすめてきます。W氏もビール党で「いろいろとお世話になっているので
と言って輪に入り、そこへ刈屋氏の奥様も加わり、世間話も仕事の話も含
華が咲いていました。

馬名はどうするのか聞かれ、私は「ユーセイシンカーに決めてい
馬主資格については刈屋氏が管理している馬主にお願いするから、要る時は住民
票と印鑑証明書を持って来てくれと。私が馬主の資格を取れるように手続きを進めて
くれるとのことで、それは本当に有難く、良い人に恵まれたと感謝しました。

昭和五十二年、ユーセイシンカーは馬体重450キログラムで能力検査を受け、出
走が可能になりました。初出走日には、大阪から和歌山市駅（南海電鉄）まで行き、
そこからタクシーに乗り、合計1時間40分で紀三井寺競馬場に着きました。

先行、差し、といろいろ試し、1着が多かったにもかかわらず、中央競馬に比べる

と賞金も低く、馬券の配当も少額でした。

半年ほどたって刈屋氏から電話があり、「中央競馬下りの馬でイナフジという馬が30万円で売りに出ているから、折半で乗ってみないか」と言われました。「先生が良いと結論を出したのなら受けます」と私も心中で何か感じるものがありました。ユーセイシンカーの出走日にイナフジを見たとき、小柄な馬だと思いました。馬体重を聞けば、３９４キログラムだけれど、根性はしっかりしたものを持っているという印象で、初戦こそ3着でしたが、以降は差し一本で1着ばかりでした。

刈屋氏の管理馬は8頭ほどいて、調子が悪い馬には刈屋氏自身が長さ約30センチのササ針を施します。要所に打てば馬も自然によくなっているようで、当時、ユーセイシンカーとイナフジで紀三井寺競馬場の観衆を賑わせていました。特にイナフジをパドックで見物する客は、「こんな小さな馬に勝つ馬はおらんのか?」と感心するやら見とれるやら。レースも、時計も出て直線一気に5馬身離して1着になりました。その後、15連勝した時、金沢の競馬の調教師（刈屋氏の知人）から電話がかかり、イナフジを買いたいと依頼があり、良い値で売れたと70万円を手渡されたのです。

年が明けると、以前から噂されていた紀三井寺競馬の廃止が現実となり、一年後の廃止が確定されました。刈屋氏と知人になり二年半、地方競馬で歩んできましたが、廃止となると紀三井寺の厩舎の方々は生計を立てるために、どこかへ行かなくてはならないわけです。それは本当に寂しく、気の毒に思いました。ちょうど一年前に馬主の登録を取得していたため、地方競馬の面目でしょうか。130万円の保障が配分されました。刈屋氏から、「これから先は高知競馬に行こうと思う、一緒にやらないか」と誘われましたが、住居が奈良県香芝市に移ったため、詫びを入れ、お別れしました。

中央競馬では馬の骨折に泣かされましたが、同時に未勝利戦を脱出したときの一勝の尊さ（弱い馬を勝たせるための苦労）も深く感じました。地方競馬では、394キログラムの牡馬イナフジの強さ、負けない馬の勇姿を目の当たりにすることができました。貧しい馬房ながらも、心の温かい調教師がいて、今思えば、懐かしい記憶が深く脳裏に刻まれています。

最近の競馬に思うこと

時代の流れか、私も家業に身を入れていた間に、日本の競馬会も「競馬」の在り方も変わってきました。特に馬齢の数え方については、大きく変わっています。平成十二年までは、数え年を使っており、生まれた時点で当歳（一歳）としていました。これが、海外の馬齢とは一年ずれており、混乱を避けるために平成十三年から国際的な馬齢表記となりました。

ですから昔ですと、当歳が生まれて間もない子供で、二歳になると成長して大きくなり、三歳で夏新馬、勝ち馬は上のクラスに行き、四歳になって牡馬であれば、皐月賞、ダービー、菊花賞というクラシックレース三冠に挑むという感覚でした。

今現在では二歳で新馬、三歳がクラシックレースの年となるわけです。

馬券の購入方法もだいぶ変わりました。単勝、複勝、枠連、連複、連単、三連複、三連単、ワイド（拡大馬券連勝式）など、買える馬券の種類が増えました。人気のない馬が3着まで入着すれば大穴になる恐れがあり、一発屋には大当たり大もうけがあるでしょう。しかし、当てるのはなかなか難しいものです。ＪＲＡの馬券は全国10カ所の競馬場、38カ所のウインズ（場外勝馬投票券発売所）のほか、電話投票やインターネットで購入できます。百円単位で購入でき、ウインズによっては5百円単位、千円単位で購入できるようです。

東京競馬場の最近の入場者も11万4千人とＪＲＡ万万才である。

平成十五年に出産された馬のうち、6千5百頭が競走馬として登録されていると書物に記されていましたが、その馬が中央競馬では、函館、札幌、福島、中山、東京、新潟、中京、京都、阪神、小倉の計10カ所の競馬場、地方競馬場では帯広、門別、盛岡、水沢、浦和、船橋、大井、川崎、笠松、金沢、名古屋、園田、姫路、福山（平成二十五年廃止）、高知、荒尾（平成二十三年廃止）、佐賀、以上17カ所、合計27カ所の競馬場に分散され、競馬が開催されていました。

中央競馬に所属する馬のうち、いったい何パーセントが日の目を見て、何パーセントが泣きの涙で終わるのか。骨折してしまう馬、未出走戦・未勝利戦を勝てない馬を持つ馬主は、本当に身に染みる思いでしょう。

たとえば、平成二十八年の一歳の競《せ》り市では１頭が２億５千５百万円という高額で取引された馬もいます。世の中には、お金持ちがごまんといて、野球などスポーツ界で活躍された方や、芸能界などさまざまな分野の著名な方々が趣味と実益を兼ねて、面白おかしく勝負できるというのは最高だと思います。

馬自体も時とともに身体が変化してきたのか、最近では５００キログラムの馬体重はざらにいて、昨年の夏競馬では六百キログラムの馬が出走しているということも耳にしました。

今日では日本人（東洋人）の身長も外国人（西欧人）との差が昔ほどは変わらなくなってきました。食べ物や運動も含めた生活様式の変化が関連しているのだと思います。

私は馬券には関心がありません。なぜなら、昔、父から批判を受けたことがあるからです。あまりにも穴を狙い過ぎで、結果当たらず、一度も払戻所へ行ったことがなく、以来、馬券を買うことをやめたという次第です。おかげで、レースを客観的に見ることができ、気が張ることもなく、レースを楽しめるようになりました。

私が注目しているレースは、芝・ダート共距離１６００メートル、２０００～３２００メートルで、多頭数のレースは難解だと思っています。１６００メートルに参戦してくる馬は１８００～２０００メートルでも先行可能で逃げてもいける馬が多く、目標とする先行馬をマークしながら少し離れて、末脚を残しながら4コーナーの勝負どころで、おおい塞がるように接近し、その間隙《かんげき》を縫って追い込みをかけるか、外に持ち出してゴールまで末脚勝負にかけるか、そうやって力量を発揮した馬が勝つ構図が頭に浮かびます。

先行馬が有利と見て人気になりますが、先行、差し馬とも多い場合は難解です。雨が降って重馬場になると特に注意です。２０００～３２００メートルの多頭数のレースの場合は、内枠で逃げ先行を得意とする馬が、逃げて5～10馬身離して馬なりで流し、そのあとに控えた２～５番手ぐらいの離された馬の騎手が残った距離の測定と馬の末脚を生かす時期を判断するわけですが、その機を逸した場合は大変なことになります。

私が見た実例として思い出すのは、キングスピードが勝った２０００メートルの京都杯（昭和四十四年・京都競馬場）です。キングスピードはのちに障害馬として優秀な成績を収めるのですが、このレース以前の平地競走では目立った成績を残していませんでした。もちろん人気薄で、ほかの名だたる馬が人気を集めていました。ゲートが開き、キングスピード一頭が抜け出し、大逃げに打って出て、ここまでおいでと言わんばかりで向こう正面で他馬を離して馬なりで走り、ゴールでは９馬身離して圧勝したことを覚えています。もちろん大穴馬券で、配当はかなりついたことも記憶しています。本当に競馬は難しいですね。

その後、昭和五十五年、私の競馬人生は幕を閉じました。

カラオケ屋の運営から作詞の道へ

やがてバブル期を迎え、家業の内容も得意先も変わりました。土地の値上がりに時を移し、一戸建ての建売がドーナツ現象なるブームを招きました。

新たな得意先になったビル建設会社の建売部と接し、都心を離れた街の大開発の仕事に終始していました。また私の知人であるS氏の弟君が某建設会社の現場監督を十五年務めており、急遽、丸和工業㈱を設立、私が代表取締役となり、S君と他四名で建築の下請業として仕事を受け、かなり上手くいっていましたが、四年後に代表取締役を辞任し、S君に会社の全てを渡し今も継続されています。

昭和六十一年、大阪市浪速区の家業をしていた土地家屋を東証一部上場の家電量販店に賃貸したため、翌年、家業の新社屋を阿倍野区に建設、移転、代表取締役を長男に任せました。当時は金余り現象で、某銀行の支店長が何か計画があるようでしたら金を用立てるからと来られ、昭和六十三年に奈良県内にテナントビルを建てる計画を立てました。土地１５０坪の四階建て。地下（駐車場）、一階（ナイトクラブ、平成二十三年からは朝日新聞香芝店が入居）、二階はテナント、オペラ美容室他、三階はアパートの予定が狂い、私自身がカラオケ店（ダイリン）を従業員四名とともに（午後六時から十一時まで）営業、店が広かったので苦労しました。四階は次男の住宅に。おかげを持ち、店舗、テナントも入居し、無事平穏で来ました。

当時はカラオケといえば、スナックで8トラ（8トラックの再生装置）で歌うような形が多く、いわゆるカラオケ屋さんがなかった時代です。ちょうど第一興商が始めたレーザーディスクが発表されたため、三階で営業を始めたのですが、店内は60人収容のスペースに、オーディオ設備として、性能の良いスピーカーＪＢＬ屋外用２機、モニター用（音楽が歌い手に返しで聞こえる）スピーカー、ＢＯＳＥ《ボーズ》６機を取り付けたものの、音響が不適確だったため、高級車のベンツ車に軽自動車のエンジンを積んで走っているようなものと笑われました。施工したプロも分からず、素人ながらも私の試行錯誤の結果、舞台の奥にＪＢＬ１機を設置、歌い手の耳にやや当たる角度で調整し、もう1機は反対に舞台の外で客席に向け設置したところ、壁がビニールクロスで音が反響するのも要因となり、調子良く満足して歌ってもらえるようになりました。
問題は舞台で歌えるのは一人で、1曲歌い終えたら、次はお客の数だけ待ってもらわなければならず、不満を聞きながら二年我慢しました。やがてカラオケボックスの出現によって解消されたのですが、若い客は遠のいて年配の馴染み客ばかりの店になったのです。

それでも時々団体客の利用もありました。地元の小学校バレーボールチーム（全国制覇）のＰＴＡの集会場や結婚式の二次会、他音楽教室の発表会やカラオケ大会などです。また、ダイリンのお客さまのカラオケ大会も、有力者やお客の要望もあって3回ほど開催しました。審査員長には私の親しい知り合いである、松竹芸能の宮川左近ショーのギター奏者・松島一夫師匠（「会津の小鉄」の作詞家）の御協力を得、プロ並みの歌唱力のあるＫ氏も審査員に迎え、司会は私が担当しました。いろいろと問題もありましたが無事に済ませることができました。

あるとき、カラオケの画面に歌の詞の文字が入っているのを見て、「このくらいの作詞なら、何とかできないものかと興味が湧き、人の歌を聴きながら、良い文句を拾ってまとめてみたのですが、難しくてままならず、作詞の本を本屋で探しましたがそれも無くて、やはり作曲家の先生に頼るしかないと悟りました。

　といっても、あてもなかったのです。そのころ、うちのカラオケ店を利用してくれた市議会議員・田中保先生の後援会から、歌好きの人の会として音楽教室を開きたいと申し出があり、作曲家の古屋賢先生を紹介されました。ピアノを使った教室で、月に1回提供。40~50人ほど集まり、盛況でした。それがきっかけで、後日、古屋先生に歌のレッスンと作詞について教わることができたのです。勉強になるからと長野県で歌謡雑誌「ひっとん」の編集長、田島和男先生を紹介され、曲がりなりにも毎月1曲、作詞を提出して参りました。

　平成十一年九月十日、サンケイホールに於いて「たこ太郎出世街道」作詞／明日香大作（私の筆名）、作曲／古屋賢、歌手／古屋賢（ポリドールレコード製作）を発表しましたが、古屋先生がそのあと生徒へのレッスンが控えていたため、発表後のイベントに参加できず、不完全燃焼で終わりました。このことを長野県の田島先生に話しますと、「サンケイホールで開催されたポスターがあれば送りなさい」とアドバイスを賜わり、そのおかげで平成十三年十二月十五日、ＪＡＳＲＡＣ（日本音楽著作権協会）に入会することができました。田島先生に感謝あるのみです。

平成元年から八年間営業したカラオケ・ダイリンも幕を下ろしました。

バブルの崩壊で、大阪・日本橋の大手電機販売店５～６社が零細企業（各種商店）を経営破綻に追い込んで世間に寒い風が吹き荒れ、大きく様変わりしました。大阪球場もなくなり、もちろん中央競馬の場外馬券売場も大阪ミナミに移転となりました。

やがて宇治市も大きな街になり、空地もなくなりました。近くには大手スーパー平和堂（3階建てで、食品はじめ衣料品、本屋、靴屋、専門店、１００円均一店、ボウリング場などが入る大型店舗）ができて本当に便利になりました。

現在では、㈱ダイリンのアパート58世帯、店舗3店を管理している家内の手伝いをしながら、作詞に集中しています。最後に私の発表した、代表作詞「燻銀」「男華」を掲載しました。ただ、寄る年波には勝てず、家内と二人の生活は寂しく感じています。頼りにしていた長男のことが思い出されてなりません。今はどこにいるのでしょうか、幸福なら良いのですが……。

今、振り返れば、私の人生は次から次へと問題が起こっていました。生ある限り、その一つひとつに対応しなければなりません。自分の能力以上に考え、また他人《ひと》の知恵も借りながら、知性と判断力を身につけていき、そこで得られた試練を次なる課題に役立てることができれば何も言うことはありません。

他人《ひと》から見れば、馬鹿げたことを文書にしましたが、悪しからず。

ここまで読んでいただき、ありがとうございました。

ピックアップ・競馬の基礎知識

競馬を楽しむ上で、基本的な情報を参考文献の中からピックアップして、さらに自らの経験や感じたことを加えながら、私なりにまとめてみました。

■サラブレッドの祖先　サラブレッドとは、完全に改良されたものという意味だそうです。十七世紀に、イギリスの在来牝馬に、東洋から輸入したアラブ種牡馬《しゅぼば》を交配したのがルーツで、その中から優秀な成績を残した牡馬を選んで、また種牡馬とし、より速く走れる馬を作り続けてきたのです。現在も尚、世界中で行われている競馬が、ブラッド・スポーツ（血統ありきのスポーツ）と言われるのは、こうした歴史的な背景があるからです。こだわりのある血統は、その馬の個性を推理する一つの手掛かりとして楽しむといいでしょう。

尚、サラブレッドの祖先（父方）を辿《たど》ると、次の3頭に絞られます。

①ダーレーアラビアン（一七〇〇年頃生まれ。オグリキャップ、ディープインパクトなどの祖先）
②ゴドルフィンアラビアン（一七二四年頃生まれ）
③バイアリーターク（一六八〇年頃生まれ、シンボリルドルフ、トウカイテイオー、メジロマックイーンなどの祖先）

世界中のすべての競走馬は、血統が記録されています。血統登録証明書を持たない馬は競走馬にはなれません。元祖は一七九三年にイギリスで発行された「ジェネラル、スタッドブック」であり、以後日本では、一九四一年に日本競馬会が出版し、現在は日本軽種馬登録協会が管理しています。二〇〇九年には日本国内で6907頭が登録されました。最近では、仔馬のうちにマイクロチップを埋め込む処置が推進されているようです。

■馬齢と条件　レースにおける馬齢の条件は二歳、三歳、三歳以上、四歳以上の四通り。二歳戦はだいたい六月後半からスタートするが、この時点では馬齢による能力差があるため、三歳の前半までは同じ年齢同士のレースが行われる。三歳後半からは古馬（四歳以上）と同じレースに出られるので「三歳以上」という区分けがなされる。年が明けると馬齢は一律に一歳年を取るので、「四歳以上」となる。

■クラシックレース　三歳馬の頂点を競うレースとして、五大クラシック（桜花賞、皐月賞、オークス、ダービー、菊花賞）がある。牡馬三冠レース（牝馬も出走は可能）といわれるのが皐月賞、ダービー、菊花賞。牝馬三冠レースは桜花賞、オークスに秋華賞を加えた3レース。

■牡馬と牝馬　男馬を牡馬（ぼば）といい、女馬を牝馬（ひんば）という。牝馬は相対的には体力が牡馬には劣る傾向にあるため、牝馬だけの限定戦が設けられており、その代表が桜花賞、オークス、秋華賞、エリザベス女王杯など。

■レースのクラス分け　中央競馬では新馬・未勝利、500万下、1000万下、1600万下、オープンクラスと収得賞金別のクラス分けがある。基本的に勝てば一つ上のクラスに進む。二歳から三歳にかけての新馬戦（デビュー戦）に勝てば500万下へ。勝てなければ未勝利戦で勝つまで戦うことになる。1600万下までを条件戦といい、賞金別に特別競走と平場戦が設けられている。条件戦を勝ち上がればオープンクラスとなり、オープン戦には重賞（GⅠ、GⅡ、GⅢ）と特別レースがある。尚、障害レースは未勝利、オープンの二段階。

■九州産馬限定レース　九州生まれの馬だけが出走できるレースで、夏の小倉競馬の二歳戦のみ（新馬、未勝利、ひまわり賞）

■馬名の上に付けられる印

㊇ 外国で生まれて日本に輸入された馬で中央競馬では混合競走と国際競走以外は出走制限がある。

[外] 中央競馬に出走する以前に外国の競馬に出走していた馬、ジャパンカップなどに海外遠征してくる馬のこと。

(地) 中央競馬の馬名登録の時に、すでに地方で出走していたことのある馬で[地]以外の馬。

[地] 中央競馬に出走する地方競馬所属の馬。

(父) 日本国内で生まれた馬、父が内国産馬の場合は父内国産馬となり、以前は父内国産馬限定レースも実施されていた。

■調教師の役割　調教師が管理運営する厩舎は、関東は「美浦トレーニングセンター」、関西では「栗東トレーニングセンター」に所在し、所属している厩舎で表記される。調教師はトレーナー、テキとも呼ばれ、馬主から競走馬を預かって調教を行い、レースに出走させる。原則として、賞金の10％が調教師の収入となる。調教師になるためには中央競馬会の試験に合格しなければならない。合格者は年に数人程度、合格率は10％に満たない超難関であり、調教技術だけでなく厩舎での実務経験が求められる。騎手や調教助手から転身する人が多い。七十歳が定年である。

■騎手について　競馬は人馬一体と言われるが、競馬の勝ち負けは、馬が七分、騎手三分と言われ、馬の折り合い、ペース判断など騎手の能力によるところが大きい。実力のある騎手には多くの騎乗依頼が集まる。レースにおける主戦騎手への乗り替わりは勝負気配が濃厚とみられる。

■負担重量　馬が背負う重量（騎手、鞍などの総量）でレースごとに定められる。

・馬齢重量戦／馬齢と性別による重量が走る時期によって決められ、二歳時と三歳時に、同じ年齢同士のレース時のみに用いる。

・別定戦／馬齢と性別で基礎重量を決定し、収得賞金や勝利数等で重量を加増する。オープンクラスのレースでは個別に基本となる重量が設定されている場合がある。定量制と賞金別定がある。獲得賞金の多い馬は賞金別定で不利である。

・定量戦／収得賞金に関係なく馬の年齢と性別のみで負担重量が決まる。ＧⅠレースは定量または馬齢重量。

・ハンデ戦／負担重量がハンデキャッパーにより決められる。競馬番組で定められている期間内（年に1回）出走していることが必要である。

▽**トップハンデ**……ハンデ戦で最も重いハンデを背負う馬のことである。能力や状態の良さを認められたもので評価はできる。定量の場合、古馬の牡馬は57または58キロ、牝馬は55または56キロを背負うので、それ以上の重量を初めて経験する場合はマイナスとなる。他馬とのハンデ差が5キロ以上ある場合は不利。レースが激戦になるように、いかにハンデをつけるかがハンデキャッパーの実力の見せ所である。

▽**カンカン泣き**……負担重量が重くなったために、馬が能力を出し切れないこと。負担重量は以前キロでなく、斤（きん）＝６００グラム単位、で表示していたため、

斤量（きんりょう）看貫（かんかん）とも言った名残である。

■脚質とは何か　脚質は必ずしも特質ではないが気性・精神力と、脚力・走る能力との兼ね合いによるところが多い。どれだけ速く走れるか（スピード、ダッシュ力）、最後の瞬発力（末脚、決め手）、持久力（スタミナ）といったそれぞれの能力と、馬の気性が、脚質やコース適性（坂の有無、左・右回り、小回り）にかかわってくる。

▽**強い逃げ馬**……スタートダッシュが良く、常に先頭でレースをリードする。闘争心が強く、並びかけられるとさらに闘争心を燃やして抜かせまいとする。よほどのハイペースにならない限り、大崩れすることは少ない。また、逃げ馬はスローペースになればなるほど有利である。気が弱くて馬込みを怖がる馬は、おびえて走っているためペースの融通が利かず、一本調子の逃げとなり、後続馬に追いつかれると走る気をなくしてしまいがちである。

▽**人気薄の逃げ馬は怖い**……平成二十一年のエリザベス女王杯は逃げたクィーンスプマンテとテイエムプリキュアが1番人気のブエナビスタの追い込みを凌《しの》ぎ切って1、2着となった。前走の京都大賞典で競り合って共倒れとなった2頭とも人気薄だった

ため馬券は大穴となった。

▽**強い先行馬を見抜く**……逃げ馬の2、3番手でレースを進め、騎手が判断した勝負どころでスッと動ける反応の良さ、後続馬を振り切る脚を兼備した先行馬ほど能力が高い。騎手の手綱と上手く折り合い、ペースの緩急に適応できるタイプの馬は、逃げ馬と後続馬の脚色を見極め、ラストスパートをかけることができるので、単調な逃げ馬よりも安定感がある。スローペースなら有利である。

▽**強い追い込み馬**……レースの前半は馬群の後方に待機し、最後の直線で末脚を爆発させる。馬群を割って伸びる気持ちの強さを持っていれば鬼に金棒。ただし、展開に左右されることが多いため成績は安定しない。それでも、後方一気の戦法がはまれば、豪快で個性的な馬として記憶に残りやすい。

▽**自在馬の特徴**……気性難がなく、レースの流れに応じて騎手の指示通りの位置取りができる馬、どんな展開にも臨機応変に対応できるのが強みである。

■**パドックの歩様《ほよう》の見方**　馬が歩く時の脚さばきのことを歩様と言い、馬の好調・不調を見極める重要な要因となる。馬によってクセはあるが、四肢がリズム良くなめらかに動くのが好調時の歩き方。よほど乱れた歩き方をしない限り、良、不良は微妙だが以下を参考にパドックで観察すべきである。

▽**踏み込みが良い馬**……後ろ脚を踏み出す動作が力強く、時として前脚の踏んだ地点を越えて踏み込んでいく。前脚の踏ん張りも利き、肩や首の動きもしなやかで、目の輝きなど全身に活気があふれていれば好調と判断される。体重が前方に移動し、後ろ脚が地面から離れる時に蹴り出す力が強く、蹄《ひづめ》がくるっと後ろを向くようなら、さらに良い状態といえる。

歩くスピードが速く前の馬を追い越しそうに歩く馬は大抵体調が良い。チャカチャカと小走りで追い付いたのでは意味がない。

▽**歩様の不安**……肩からつながる前脚の踏み出しが悪いこと。肩がコズんで前脚が伸びないため、チョコチョコとした歩き方になり、後ろ脚の踏み込みにも推進力が感じられない。このような馬は返し馬をよく見ること。

歩様が悪くて進み方が遅く、前の馬との間隔が開く場合はコズミや気合い不足が考えられる。イレ込みなどが原因なら不安材料である。歩様がゆったり、スムースならば問題なし。

■気合いとイレ込み　レースを間近に控えた馬は、ある種の興奮・緊張状態になる。その度合いが適当な場合は気合いとなりプラス材料になるが、度を超すとイレ込みとなりマイナスになる。イレ込んだ馬は無駄な動きをするため、過度の発汗で体力が消耗してしまい、レース時に力が発揮出来ない。パドックで見極めたい。

▽**馬の発汗**……股下から腹にかけてジワッと始まり、胸、肩、尻の上部、首から上へと広がっていく。特に首から上にも汗をかいている馬は異常に興奮し、かなりイレ込んだ状態で体力が消耗しているので要注意である。

逆に夏の暑い時期に汗をかかない馬は体調に問題がある証拠。ただし、馬の適応力には個体差もあるので他馬の発汗の様子と比べてみるといい。全身に汗をかいても毛色を変えない程度の透明な汗なら、あまり気にしなくてよい。夏場の短距離なら、その程度の気合い乗りはむしろプラスとみる。

▽**パドック周回中のハネ**……一度跳ねてもイレ込みとはきめつけない。度々跳ねたり、立ち上がったりして厩舎員をてこずらせたとしても、騎手が乗ったあと落ち着け

ばよし、乗った後でもそういう様子が続くときはイレ込みと判断する。

▽**涼しい目つき**……精神的に安定し、適度に気合いが乗った馬の目つきは涼しげ、前方をしっかり見つめ、最後まで集中して歩いている様子である。

▽**血走った目**……目を血走らせて白目をむいているのは冷静さを欠いている状態。目が血走って馬が激しく前に行きたがり、厩務員が両手で引き綱を引っ張っているならイレ込み気味である。

▽**首を上下させる**……リズムに合わせて首を上下させるのは適度に気合いが乗っている様子。パドックに出て、すぐに激しく動かすようでは気分が乗り過ぎて、レース前に疲れてしまう可能性もある。騎手が騎乗してから、こうした動作を見せる場合は好材料である。

▽**チャカつき**……気負い込んだり、小走りになったりして脚を蹴り上げたり、道を左右に歩いたりすることをチャカチャカすると言い、落ち着きのなさを表す。無駄な動作でレース前にエネルギーを消耗してしまう可能性が高い。そうした行為を「うるさい所を見せる」とも言う。それが馬の個性である場合もあり、前走時や好走時との

比較が重要である。

■耳や首の動きに注意　パドック周回中の馬の耳や首の動きにも状態の良し悪しが表れる。耳が前方に向かっているのは平常心が保たれている証拠。

▽**耳をくるくる動かす**……周りの様子が気になり、気が散っている状態。若駒が初めての出走に不安を感じて警戒している時など、このような仕草を見せる。

▽**耳をピタリと後方に倒す**……敵意や警戒心の表れで、さらに歯をガチガチ噛み鳴らすのは威嚇《いかく》の表現である。

▽**首を低く前に伸ばす**……首を水平より低くして、のびやかに前に差し伸ばし、ゆったりとした歩様なら、馬がリラックスした状態。力強くグイグイ前へ進む様子に静かな闘志が感じられればさらに良い。

■コースの得手・不得手　競馬場によってコースの形状や大きさ（大回り、小回り）、周回方向（右回り、左回り）、坂の有無などさまざま。ある競馬場では勝っていても、違う競馬場では連対すらないという馬に出くわすことがある。好走と不振の理由をコースという観点から分析することも必要である。また、若駒は警戒心が強く、初めての競馬場では落ちつかないことが多いので、パドックや返し馬の観察が重要になる。

▽**右回り・左回りの実績馬**……ほとんどの馬は右回りでも左回りでも大きな差はないが、極端に成績が違う場合には何らかの原因があると考えられる。たとえば、右側の前脚が曲がっていて左脚が短いとか、骨折して一方の脚にボルトが入っているなど。それ以外では、馬の先天的な性質が作用しているのかもしれない。

■芝とダート　中央競馬では芝コースとダート（砂地）コースがある（地方ではダートコースのみのところが多くを占める）。

▽**芝・ダートの実績を見る**……芝とダートのレースでは要求される能力が異なる。芝はスピード、ダートはパワーとスタミナである。特に乾いたダートは、力の入るダートと表現され、非力な馬には辛い。一方で、芝で伸び悩んだ馬が初めて挑んだダートで一変することもある。また、少々の雨で足抜きが良くなった軽いダートなら芝向きのスピード馬でもこなせる可能性が高い。

■距離適性　陸上選手にもスプリンターとマラソンランナーがいるように、馬にも距離の適性がある。短距離でレコード勝ちする馬は長距離に向かないし、その逆も一緒だ。適性な距離を見抜けば良いのだ。

▽**短距離に向いている馬**……短距離向きの馬は胴が短めでガッシリとした体形をしている。又気性と脚質が距離、適性に与える影響は大きく、父や母の血統も見極める。

▽**長距離向きの馬**……胴長でほっそりした馬が多い。

距離については、おおむね次のように分類されている。

【芝】

・短距離レース／1600メートル以下のレースが中心、1200メートル：高松宮記念、スプリンターズS、1600メートル：安田記念、マイルチャンピオンシップ、ヴィクトリアマイル（牝）のGⅠを頂点に様々なレースがある。1600メートル＝1マイルなので、1600メートルのレースはマイル戦とも呼び、これに強い馬をマイラーという。また、より短いスプリント戦（1000〜1300メートル）の距離を得意とする馬はスプリンターという。

・中距離レース／宝塚記念2200メートル、天皇賞（秋）2000メートルの二つのＧＩが頂点である。

・長距離レース／２５００メートル以上のレースは長距離といっていいと思うが、２４００メートルだと中距離との見方もあり、見解が分かれる。長距離を得意とする馬をステイヤーという。ＧＩでは天皇賞（春）３２００メートル、三歳三冠最後の菊花賞３０００メートル、有馬記念２５００メートル。

【ダート】

ダート競走は１０００～２４００メートルであり、かつては芝の状態が良くない冬場に、芝保護のために実施されていたため、芝が改良された現在でも冬場のレースというイメージが残る。１６００メートルのフェブラリーステークスと１８００メートルのチャンピオンズカップ（平成十五年まではジャパンカップダートの呼称）の二つのＧＩが頂点。

■馬場状態　次の４段階に分けられる。

・良／晴天続きで馬場が乾いている状態。芝では速い時計が出やすく、より乾いて速い時計の出る馬場を「パンパンの良馬場」という。ダートはパサパサになり走りにくい。力が入るために時計がかかる。

・稍重／小量の雨が降ったり、その雨が乾いてきた状態の湿った馬場。芝はこの程度なら、あまり時計に響かない。一方ダートはほど良く締まって走りやすくなるため走破時計は速くなる。

・重／芝は雨水を含んでぬかるみ、走ると蹄《ひづめ》の跡がはっきりつく。走ると大きな泥の固まりが跳ね上がり馬場が悪化する状態を、道悪《みちわる》という。時計が遅く、ダートは水分をたっぷり含んで黒く見えるが、浜辺の波打際のような状態で、乾いている時より走りやすい。ダートでレコードタイムが出るのは、このような状態の時に意外と多い。

・不良／かなりの降水量を含み、走路のあちらこちらに水たまりができ、走れば水しぶきが上がるくらいの馬場。すべりやすいため、怖がって走る気をなくす馬もいる。著しく時計がかかるため、スピードを身上とする馬にとっては明らかに不利、ダートの場合でも、ここまで悪くなると泥沼のような状態で走りにくく時計は遅い。

▽**重馬場に向いている馬**……重上手と呼ばれ、この場合は不良馬場も含めた重い馬

場のことを指す。一般的に蹄《ひづめ》が小さめで幅が狭くお椀《わん》を伏せたような形の馬、また蹄の底は深くえぐられた形状の馬の方が重上手とされる。走り方としては跳《とび》が小さいピッチ走法が重馬場向きといえる。

▽**重馬場に不向きな馬**……重馬場の巧拙は過去の成績に示される。原則として芝の重馬場が得意な競走馬はいない。良馬場より重馬場が走りやすいということはないが、巧拙の差が出るということだ。大きく平たい蹄の馬は滑りやすく重馬場は向かない。走り方としては跳びが大きい馬は苦手である。また、気性の弱い馬は、泥をかぶったり、バランスをくずして馬同士がぶつかり合ったりすると、走る気をなくしてしまう。

■**持ち時計**　競走馬が過去に走った同距離のレースの中で最も早かった走破《そうは》時計のことを持ち時計という。

■**ラップタイム**　競走馬はレース中、常に一定の速さで走っている状態ではなく、状況によって速くなったり遅くなったりしながらレースを進める。そしてラストスパートの速さは前半のペースに左右される。余力があれば鋭く伸びるし、消耗していれば脚色が鈍る。こうしたペースの緩急はラップタイムから読み取れる。

◎さまざまな時計の見方

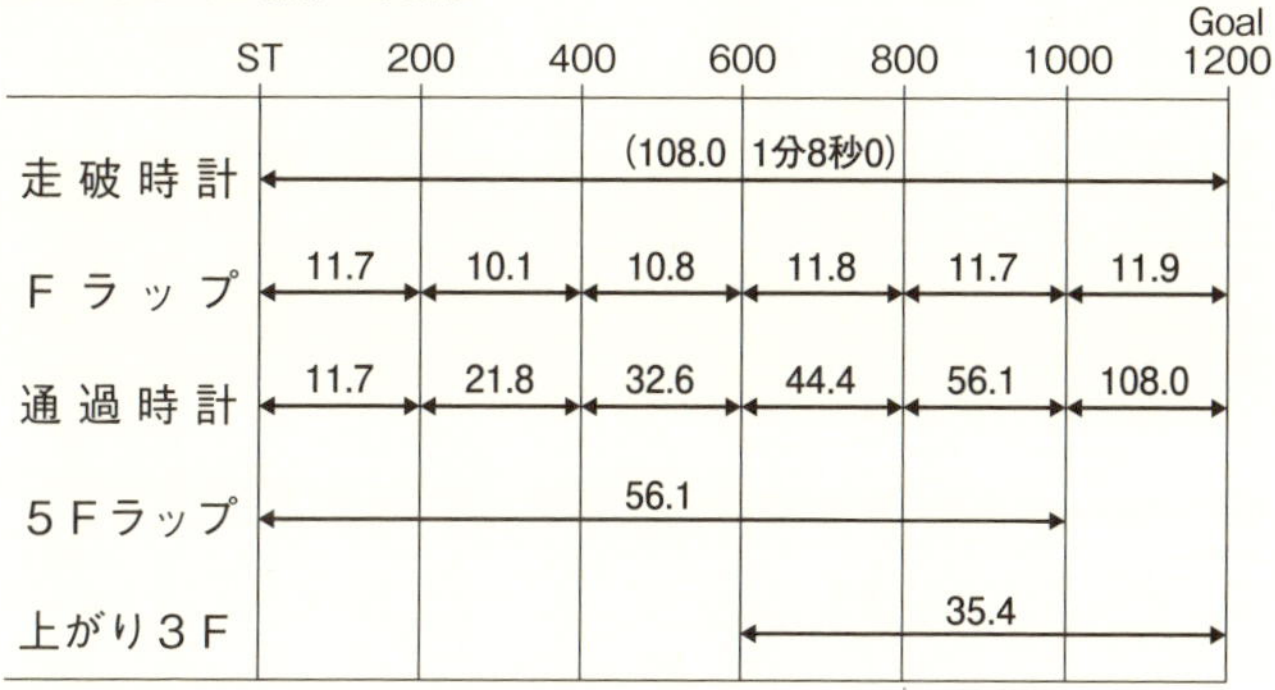

・ハロンラップ／１ハロン＝２００メートルごとの時計。個々の馬のものではなく、その時点で先頭を走っている馬の時計のこと。

・５ハロンラップ／先頭の馬から５ハロン＝１０００メートルを通過した時のタイム。レース前半のペースの目安になる。

・上がり３ハロン／ゴール前（上がり）の３ハロン＝６００メートルのタイム。レースの勝負どころで騎手も激しく追い、馬も全力でゴールをめざすので、このタイムから、どれだけ良い脚を使えるかといった馬の能力を判断する目安ができる。

▽**上がりタイムから脚力を見る**……上がりタイムが速い馬ほど爆発的な末脚があることを示す。ゴール前の叩き合いで、一瞬のうちに馬群を抜け出すよ

うな決め脚があると強みになる。一度伸びても届かなかった場合は一瞬の脚しか使えない、と評価される。馬の性質を見極めて、どこで脚を使うかは、騎手の力量、判断が問われるところである。

▽**上がりが速いとは**……速い上がりをマークした馬はゴール直前の3ハロン＝600メートルで水準以上の速さを持続できたということだ。また、スローペースなどのレースに多いが、楽なペースで来たため余力のある馬が一斉にゴール前で仕掛けるため、上がりタイムの良し悪しが明暗を分けるレースを「上がり競馬」という。

▽**上がり3ハロン34秒台前半**……どんな展開や条件になっても上がり34秒前後であれば高く評価して良い。33秒台を出せるのは一流馬に限られる。

▽**最後の1ハロンが11秒台前半**……ゴール直前のラスト1ハロンは、まさに勝負の分かれ目でここからどれだけの脚を使えるかは重大なポイントである。いわゆる一瞬の脚だが、最後の1ハロンを11秒台前半で駆け抜けていれば高く評価できる。

■連対率を見極める

連対とはレースで2着までに入ること。勝ち馬予想においては2着馬にも重要な意味がある。現在は3連複、3連単と入った馬券が発売されているので、3着馬も重要になっている。2着以内を確保した実績を連対率、3着以内を確保した実績を複勝率、3着内率などという。連対時のコースや馬体重からその馬の好走条件を読み解けば良い。

▽**連対率の高い馬**……連対率とは2着以上となった回数を全出走回数で割った数字。本当に能力の高い馬は、勝ち鞍が多いだけでなく、負けても2着を確保する。

▽**軸馬を探す**……軸となる馬を軸馬という。連勝複式馬券を買う時、2着までに入る可能性が高いと見込んで中心に据える馬のこと。軸馬と共に連対しそうな相手の馬をヒモという。軸となりそうな馬番（枠番）を決めて、相手になりそうな馬番をいくつか選び、その組み合わせを買うことを「流す」といい、そのような馬券を「流し馬券」という。全ての馬番（枠番）に流す場合は「総流し」という。

▽**連対時の体重**……連対した前レースの馬体重。レース当日の競馬場で計量され、発表される馬体重を前走時のものと比較して同じ程度なら問題ない。休養明けや連闘の時は特に確認したい。10kg以下の増減であれば気にすることはないが、大幅な増減は要注意。ただし、前回大幅増減があった場合は元に戻ったといえる場合もあり、若

駒の場合は体が成長していると判断されることもある。

■調子と能力　着順は成績欄の中でも一番最初に注目するデータ。調子や能力を見るヒントとなる。着順の価値は数値だけで決められるものではなく、走破時計、ペースの位置取りなど、さまざまな要素を加味する必要がある。

▽**上がり馬**……下級条件から上の条件に短期間で勝ち上がる馬のことで、中には一気に重賞レースまで制する馬がいる。未勝利戦から3連勝し、神戸新聞杯（GⅢ）3着を挟んでGⅠ菊花賞（平成二十年）を制したオウケンブルースリは顕著な例で、夏競馬で力をつけてGⅠ戦で活躍したりする馬もいる。

▽**昇級初戦で好走した馬**……昇級戦すなわち、勝ってクラスが一つ上がるということは、ほとんどの馬にとって大きな試練である。能力の違いで一気に勝ち上がる馬は例外的な存在で、大抵は足踏みを強いられる。昇級初戦で勝ち上がった馬は高く評価できる。

▽**格上挑戦で好走した馬**……収得賞金によって決められた各競走馬のクラスを自己条件といい、格上挑戦とは自己条件より上のクラスのレースに出走すること。ローテ

ーションの関係から自己条件に適さないレースになるかもしれないが、あえて強い相手に挑むのは、厩舎側がその馬の能力に期待している場合が多い。たとえ負けても次に生かせることもあるので、格上挑戦した馬の次走に注目すべきであるが、着差が大ならば一考すべし。

■危険な人気馬の見分け方　勝利数が多く、連対率が高く評価されていても、今回の馬の体調がいいかどうかは、パドックや返し馬で見極める。人気馬が負ける原因として、展開の不利、距離が合わなかった、重馬場が不得意、騎乗ミスなど様々に考えられるが、予想時には以下も念頭に置いておきたい。

▽**良血馬に注意**……父母、兄姉がGⅠで活躍するなど血筋が良い馬は人気を集めがちだが、競走馬は個々の能力によるので、過去のレース内容で判断すべきである。

▽**調教駆けする馬**……普段の調教では良い動き、良いタイムを出すが、レースでは凡走するという馬がいる。原因は気の弱さによるものが多い。

▽**人気一本かぶりの馬**……1頭の馬に人気が集中した時、それだけ強さが評価されてのことだが、レースが荒れるのはそういう本命の馬が圏外に消えた時。その人気馬

が本当に信頼できるか否かを判断することが重要。

▽**鉄砲使いの馬**……休養していた競走馬が復帰する、休養明け初戦のことを「鉄砲」という。レース間隔が開くので、いきなり元のように走れる馬は少なく能力の高い馬でも注意が必要。ただし、調教がうまくいって馬が闘志を戻していれば、復帰初戦で好走できることもある。これを鉄砲駆けといい、小柄で仕上がりの早い馬、気性が素直な馬、闘争心が旺盛な馬に多い。

▽**休養明け二走目**……休み明けで好走した馬が復帰2戦目で凡走することがあり、「二走ボケ」という。鉄砲が利く馬は仕上がり途上でも好走するが、そうした状態でレースに出せば、反動が起こり、疲労がたまって回復しない。

参考文献『勝ち馬が分かる競馬の教科書』鈴木和幸・著（池田書店）

おわりに

平成二十五年に第一作目として『般若心経　苦しみの中で光を見失ったあなたへ』を出版し、今般、二作目の作品として、私の歩んできた人生の長い道程《みちのり》を随筆にした本書を、文芸社の御協力を賜りながら出版することができました。

私は、昭和四十五年ごろから家業の仕事も軌道にのり、私自身にも心の余裕ができてきた矢先、お得意様から時折、競輪や競馬（地方、園田競馬）に誘われるようになりました。競輪は難しいですね。スタートして何周かは静かに回っているのですが、最後の1周になると、ゴールまでの間、どの選手もあの手この手で必死になって走るので、目が回り、誰が入着したのかすら分からず、連《つ》れに聞く有り様で、面白みを感じることができませんでした。

私が競輪を見に行った時には、なぜか事故が起こり、転倒して人気のない3車が残って何十万もの配当がつくなど、会場の空気もシーンとして静けさと悔しさに包まれていました。とても取れるような車券ではなく、そういった難しいレースが多くて、金をどぶに捨てるようなものだと思っていました。

また、園田競馬に誘われた時は、グッドマンという馬が、パドックでの歩様も気配もよく見え、名前も気に入ったので、本命、対抗への連複馬券を買いました。スタートダッシュが良く、第1コーナーを右へ曲がるやいなや、なんと左の厩舎の方へ走り帰って行ったのです。調教師は慌てて用務員と共に馬を本馬場に戻そうとしていましたが、馬のほうはまったく動かず。こんな、あまりにも馬鹿馬鹿しく、話にもならないレースは、記憶から消えることはありません。

今思うと、これらは私への「賭け事をやめよ」という暗示だったのかもしれません。しかし、巡ってきてしまいました。中央競馬には少なからず損はしているものの、当時の時世で馬主になってしまいました。

自分の決めた馬名を実況放送されると、本当に実感が湧くものです。

当時だったから馬主になれたのでしょうが、今の時代では、もっとお金がなくては馬主の資格が持てないかと思います。そういう点では本当に私はラッキーでした。

私も八十歳になりましたが、今日《こんにち》こうして生きてきて、これまでお世話になった人、出会いだけで終わった人、とさまざまな人との巡り合いがありました。年月の流れる中で、逝かれた方々にはご冥福をお祈り申し上げます。

また、馬名ユーセイヒカリ、ヒダムサシ、ミツワカグラ、チャームブラック、ユーセイシンカーなど、私と縁のあった馬たち（おそらくは逝っているでしょう）に対しても、感謝を伝え、心よりの冥福をお祈りします。

今まで歩んだ道を振り返れば、山あり谷ありの峠道ばかりでありましたが、今日あるのは皆様のお陰と御縁の賜と感謝しております。これからは静かに世を見つめ、良い作詞ができればと思いながら筆をおきます。

巻末には私が作詞した中の代表作である「燻銀《いぶしぎん》」「男華《おとこばな》」を掲載しました。

楽しんでいただければ幸甚の極みです。

燻《いぶし》銀《ぎん》

作詞／明日香大作
作曲／平井治男　編曲／南郷達也

ひとり歩きの　出来ない桂《おれ》を
陰で支えて　くれる奴
捨てた人生　流れのままに
やっと摑《つか》んだ　男道
銀の情けに　泣けるのさ

離ればなれで　継《つな》がらなくて
気持　きもちが　また揺れる
勝手気儘《きまま》に　動いちゃならぬ
飛べば相手の　歩《ふ》の餌食《えじき》
俺を信じて　ついて来い

賭けた一念　忍んで生きる
命あずけた　いぶし銀
ここが勝負の　仕掛になれば
俺も人並み　奥の手で
王将ゆさぶり　また燃える

男《おとこ》華《ばな》

作詞：明日香大作
作曲：平井治男／編曲：花岡優平

時化《しけ》が四五日　続いたら
祈る想いで　天《そら》仰ぐ
明日の船出を　夢にみて
獲れる漁場が　眼に浮かぶ
機嫌直せよ　山背の風よ
陸《おか》の男にゃ　地獄だぜ

沖は生きてる　魔物だと
腹を括《くく》れと　牙《きば》を剥《む》く
騒ぐカモメに　見送られ
漁場めざせば　腕がなる
飛沫《しぶき》　海鳴り　男の華よ
海の河童にゃ　夢がある

漁師一途が　生き甲斐と
懸けた男の　この稼業
酒と肴を　まわし飲み
苦労実になる　幸《さち》の華
船に掲《かか》げた　大漁旗は
海の男の晴れ姿

著者プロフィール
川村 精一（かわむら せいいち）
昭和11年　大阪市生まれ、京都府宇治市在住
昭和31年　大阪工業大学、土木工学科中退
　　　　　川村水道工業㈱に入社
昭和36年　㈱ダイリン設立
昭和58年　川村ビル㈱設立
平成13年12月　㈳日本音楽著作権協会に入会
　　　　　　　筆名：明日香大作
　　　　　　　代表作詞「燻銀」「男華」「なにわ風」「愛を消さずに」
　　　　　　　他多数あり
平成27年4月　『般若心経　苦しみの中で光を見失ったあなたへ』（文
　　　　　　　芸社）を出版

本書では、私の人生における一部分である、私の競走馬について、勝負の厳しさ、運・不運の行程を随筆にしてまとめました。

人生泣き笑い　勝てぬ馬が勝った!!

2018年4月15日　初版第1刷発行

著　者　川村 精一
発行者　瓜谷 綱延
発行所　株式会社文芸社
　　　　〒160-0022 東京都新宿区新宿1-10-1
　　　　　　　　　 電話 03-5369-3060（代表）
　　　　　　　　　　　 03-5369-2299（販売）

印刷所　株式会社フクイン

ISBN978-4-286-19313-7